JN071514

黒田杏子

俳句コレクション2

月

髙田正子 編著

コールサック社

目次

黒田杏子俳句コレクション2

月

高田正子 編著

I　四季の月

『銀河山河』「月を詠む　雪を詠む
平成二十四――二十五年」より

三九句

あらたまの月満ちてゆくお遍路に

歌留多読むこゑ母のこゑ那須の月

初観音拝し寒満月拝す

雪の降る町つるをかの月の道
寒雷の沖月の町深睡り

あらきそば主人寒月光の炉辺

みちのくや月のかをりの寒牡丹

月凍る高野の真夜を下駄の音

山上の寒満月のまばゆさよ

秩父山國寒満月朗々

出雲崎まるこの寒の月の句座

寒月光移公子《いくこ》の一句一句かな

嵯峨野より紫野まで月冴ゆる

竹馬の少女も月の往還へ

白山や霰の弾む月の石

月おぼろ世のおぼろ白湯汲みてなほ

団結と連帯ふたり春の月

春月の秩父に満ちてをりしこと
新茶汲むおほきな月の昇りくる

山姥の最終歌集月涼し

水無月や月の高野の坊泊り

奥の院までご詠歌を月涼し
なつかしき盆の月夜の草の庭

盆の月雲のはなやぐ嶺々のはなやぐ
父の待つ月の國へと昇られし

山廬守墓守甲斐の月煌々

ふたり棲む一叢芒けふの月

けふの月遊行柳のほとりまで

二荒山の月の芒と吾亦紅

忘れられぬその昔　二句

お晩です鬼房先生雨月句座

雨月松島ゴム長の鬼房師

出雲崎の

渚会九百回の月の句座

疎開者の月の二間でありしかな

たたまる楕円卓袱台月の膳
寝たふりの子に十六夜の祖母と母

祖母と唱へばのぼりくる後の月

大姫に弟ふたり後の月

裏木戸開く真珠庵十三夜

ゆく年の月まぶしみてよろこびて

黒田杏子は一九三八（昭和十三）年生まれ。一九九〇（平成二）年十月、五十二歳で俳句結社「藍生《あおい》」を立ち上げた。師の山口青邨（一八九二〜一九八八）の死後、主宰誌であった「夏草」は兄弟子・古舘曹人により終刊が進められ、五人の夏草賞受賞同人が一誌を持って独立する形となった。「藍生」はその一つである。すでに一九八五（昭和六十）年に京都・嵯峨野僧伽《サンガ》にて瀬戸内寂聴命名の「あんず句会」が始まり、日本全国から嵯峨野を目指して会員が集まって来ていた。また杏子を師と仰ぐ句会が各地に生まれ、それらの句会が核となって、全国規模の結社が誕生した。俳人としての実力と、大学卒業と同時に入社した広告会社博報堂で鍛え上げた企画力、両輪を兼ね備えた主宰者として、新たな一歩を踏み出したのであった。

「藍生」ではさまざまなイベントが企画された。もっとも話題を呼んだのは日本百観音札所吟行（西国三十三ヶ寺、坂東三十三ヶ寺、秩父三十四ヶ寺の計百ヶ寺）

と四国遍路吟行（八十八ヶ寺）であるが、旅に出なくても取り組める「櫻百句」「月百句」「雪百句」といったテーマ詠の企画もあった。そもそも同じ季語でとことん詠みこむのが杏子の流儀であったから、結社の企画として提案する前から、櫻も月も雪も精力的に詠み上げ、どの句集にもその成果が反映されてきた。が「百句」シリーズのみで一章が立てられたのは第六句集『銀河山河』（二〇一三年刊）が初めてである。

『銀河山河』には、『日光月光』（蛇笏賞受賞）以後の二〇一〇（平成二十二）年六月〜一三（同二十五）年九月の作品が編年体で収められている。年ごとに章を立てているが、「月を詠む　雪を詠む」は二〇一二、一三（平成二十四、二十五）年の作品で構成されている。

ここで注目していただきたいのは、月＝名月＝秋、雪＝冬ではないところである（「雪」はさすがに初雪から雪解まで）。「月百句」といわれて秋の月のみを想定していたら、変化をつけて百句詠み通すのは苦しいだろう。「新年」の月に始まり、歳末の月に締めるところが、まさに「とことん」の杏子だと思うのである。

新年の月は二句。「あらたま」、「歌留多」を季語に立てることで、新年の月を表している。続くのが寒の月十三句である。カレンダー通り、小寒大寒の月を寒の月として詠んでいる。三十九句の中の十三句であるから、三分の一にあたる。杏子の寒月好みがこんなところにも表れている。

春の月は三句。夏の月は四句。ただし「夏の月」という季語は使っていない。「新茶」、「水無月」＋「月」で夏の月であることを表したものと、「月涼し」である。

秋の月はさすがに多い。「盆の月」が二句、「仲秋の月」（といってよいだろう）が十三句、「後の月」が三句。そして最終句が「ゆく年の月」一句であるる。「夏の月」同様、「冬の月」という季語も使っていない。『銀河山河』の「月を詠む　雪を詠む」の章の前半は「月」、後半は「雪」であるが、掉尾の句は、

月花の百句結びの雪百句

である。「百句」シリーズの成果をまとめた章であることが、この句からも分かる。そして百句揃えるまでに何句詠んだかは計り知れない。

杏子の「とことん」の証としてもうひとつ例を挙げておこう。私の句〈いちじくはいづこに実りても冥し〉に対して杏子が付した選評である（私にとってこれが最後の選評となった）。

いちじくは句材として実に興味深い。（略）どんな角度からも詠めま

すが、決定打とはなりにくい。私は食べ物としてのいちじく狂であると同時に、いちじくの句に長年に亘って挑戦してきました。いづこに実りても冥し。かなり決まったのではないでしょうか。正子さん、もっともっと迫れます。私は一行に三百句は詠みました。

（「藍生」二〇二三年一月号）

「一句」でなく「一行」。一行詩の「一行」であろう。句数を数えあげるのではなく、刻み付ける感覚であるかもしれない。氷山の一角をその三百倍の本体で支えているということである。一行に三百句。師から賜った最後のことばとなった。

杏子は才にも運にも恵まれた人であったが、簡単には見習えそうにない、類い稀なる努力の人であった。その努力が弛みなくなされたからこそ、才も運もより強力に引き寄せられて、杏子のオーラのようになっていったのに違いない。

Ⅱ　冬の月

七句

寒満月兄弟姉妹ひとりづつ

『花下草上』

寒満月遊行上人遊行の眼

『花下草上』

健康文運黒髪寒満月

『日光月光』

桂信子の寒満月の一生《ひとよ》

『日光月光』

ひとたびは死なねばならぬ寒満月

『日光月光』

しろがねや寒満月の秩父郡

『日光月光』

寒月皓然本郷徘徊二人

『八月』

杏子は「寒月」が好きである。「寒」そのものが好きといったほうがよいかもしれない。「寒」を「寒さ」ととらえれば、例えば寒牡丹と冬牡丹は音の響き以外は同義のものとなりそうだが、杏子の場合は、寒は寒中に限るという意識があったようだ。寒中にしか寒の句を作らないという意味ではない。仮に年内に作句していても、寒と置いた時点で、杏子の心は寒中に飛んでいるのである。第I章で一年を順に追った配列を確かめたばかりの私たちには、抵抗感無くそのように思えるのではないだろうか。

杏子の「寒」好みを端的に表しているエッセイがある。

寒《かん》という文字のついた季語はいくつもある。(略) 寒という文字のもつ響きと活力にあこがれ、その磁場に魅かれる。(略) 寒をカンと読んで何かに加えると、その印象は清らかに引き緊まった要素を帯びてくる。

（略）寒の一字を頂いた梅や牡丹はその風姿に凛とした気品を湛えて立ち上がってくる。
ことしもまた、寒という文字のつく季語との出合いを求めて私は歩き廻るつもりだ。

（「寒」『黒田杏子歳時記』）

結社「藍生」を挙げての企画「日本百観音札所吟行」は、一九九二（平成四）年一月に滋賀・石光山石山寺に始まった「西国三十三ヶ所観音霊場吟行」に端を発する。最初のころは年に四回のペースで進んでいたが、初観音に合わせて開催されることが多く、「藍生」の連衆もまた寒中を吟行する機会が増えたのであった。
その中のひとつを紹介したい。二〇一〇（平成二十二）年一月に開催された秩父での吟行である。あまりに印象的な寒満月のおかげで、「藍生」内では

「寒満月の秩父吟行」と語り継がれたほどである。「秩父吟行」は西国、四国、坂東に続く吟行企画。「藍生」誌上に記録が載る（二〇一〇年六月号）より早く、同年三月号に杏子は主宰詠として新作を詠み下ろしている。「寒満月」を季語としているのは次の二句。

両神山《りやうがみ》や暁《あけ》の寒満月寂と

森厳清澄秩父寒満月暁闇

そして編集後記に次のように記す。

一月末の第三回の秩父吟行。まばゆいばかりの寒満月を拝し、両神山の上に消えてゆく暁方のその色は氷の色。森厳清澄一期一会の月。

（「藍生」二〇一〇年三月号）

この主宰詠二句は第Ⅱ章所載の〈しろがねや寒満月の秩父郡〉と共に『日光月光』に収められている。

杏子には「冬の月」を季語とした作例が無い。少なくとも句集には載せていない。句集の冬の月はすべて「寒月」である。

健　康　文　運　黒　髪　寒　満　月　　『日光月光』

いつだったか神仏にはいつも「健康文運黒髪」を祈ると聞いた。「奪衣婆が好きなの」と同時だったとしたら、私が二十代のころだ。衝撃であった。なぜなら生来の茶髪である私にとって、自然な黒髪は祈る以前のものであり、杏子のこの祈りが「欲しい」と願うものではないことを、咄嗟に悟り得たから。後年そのとき耳にした一言が「寒満月」との取り合わせで一句になっているることに気づき、背筋の伸びる思いがした。祈るとは無いものねだりをすることにあらず。そんなことまで杏子から教わった私であった。

桂信子の寒満月の一生《ひとよ》　『日光月光』

前出の「藍生」二〇一〇年三月号は杏子の「第一回桂信子賞受賞」を祝う号でもあった。表紙裏には授賞式の写真が、巻頭には瀬戸内寂聴と金子兜太の祝辞が載っている。

一月十六日

寒日和伊丹柿衞文庫かな　『日光月光』

この句は授賞式の当日詠にして同号の主宰詠で、寒満月の句と並んで載っている。兜太の祝辞の冒頭にはこうある。

桂信子さんは人間として女性として戦前戦後を生き貫き、これを惜しみなく俳句に書き込んできた人で、その潔さ、表現力の豊かさは抜群です。

潔く、豊か。まさしくこれが杏子の〈寒満月〉の本意であろう。

寒 月 皓 然 本 郷 徘 徊 二 人　『八月』

第七句集『八月』は杏子が亡くなった二〇二三年に刊行された句集である。奥付には刊行日として杏子の誕生日、八月十日が記されている。この句は二〇一八年作。二〇一四年から終の棲家として暮らす本郷のマンション界隈を、夫と二人、そぞろ歩いているのである。敢えて「徘徊」という語を使ったのは、この年二人共に八十歳になるからだろう。二〇一五年に患った病のために立ち居はいささか不自由になったが、言語活動のほうは、寒月のように冴え渡る杏子なのである。

Ⅲ　春の月

五句

木の家に棲み木の机おぼろ月

『花下草上』

涅槃図をあふるる月のひかりかな

『花下草上』

団結と連帯ふたり春の月

『銀河山河』

春月の家おぢいさんおばあさん

『銀河山河』

語り尽くしてきさらぎの月満ちて

二月二十日　兜太先生一周忌

『八月』

杏子にとって、〈春の月〉といえば、

紺絣春月重く出でしかな　　飯田龍太

なのだという。「朧であることが懐かしいこの月と紺絣」（「春の月」『季語の記憶』）とエッセイにも記している。朧、これが杏子の春月を読み解くキーワードとなりそうだ。

木の家に棲み木の机おぼろ月　　『花下草上』

春月の机を拭いて一仕事　　『銀河山河』

『花下草上』時代の「木の家」は市川の戸建てである。「木の机」は滋賀県の木工家宮本貞治さんに作ってもらった栃の木の仕事机兼テーブル。材を探すところから依頼して、何年かのちに「やっと出来上がりました。東京まで友人とふたりで車で搬入します」と電話があって届いたものだ。

毛布とシーツにくるまれて夜っぴての運転で届けられたその卓の木目の美しさ。息を呑んだ。拭漆《ふきうるし》のその仕上がりのシンプルさが、栃の木の真価をあますところなく見せてくれている。

（「栃の花　橡の花」『暮らしの歳時記』）

東京での暮らしは共働きの忙しいものであったが、木の家を建てて移り、そこへ新たに栃の木の机を得たことは、おおいなるやすらぎとなったことだろう。

立春の大机朝日享く　『八月』

二〇一四年、市川の家から本郷のマンションへ移るときには、その机も一緒に運んだ。〈ちひさな部屋に巨きな机稲光〉（『八月』）と詠んでいるように、マンションの部屋には大きすぎる机であったが、最期まで共に暮らし、仕事に励むことになったのであった。

涅槃図をあふるる月のひかりかな　『花下草上』

高野山無量光院にこの句が刻まれた句碑がある。季語は〈涅槃図〉であるから、あふれているのは春の「月のひかり」である。涅槃の「ひかり」が水のようにたぷたぷと満ちてあふれる。涅槃図は釈迦の入滅を悲しんで生き物たちが哭く図であるが、悲しさも厳しさも超えた、やさしく豊かな「ひかり」を感じるのは、その月が「朧」だからだろう。

団結と連帯ふたり春の月　『銀河山河』

春月の家おぢいさんおばあさん　『同』

団結と連帯の「ふたり」は黒田夫妻である。大学時代のセツルメント活動で知り合って結婚し、二〇二二年にはダイヤモンド婚を迎えられた同志のようなふたりである。「おぢいさんおばあさん」は必ずしも黒田夫妻に限らないが、この句が出されたときの句会の空気を知っている私としては、夫妻の自称愛称と受け止めたい。

おぢいちゃんばあさん湯豆腐は木綿　「藍生」二〇二一年十二月号

こちらは青邨忌（十二月十五日）にちなんだ主宰詠の一句である。山口青邨といそ子夫人は「おぢいちゃん」「ばあさん」と呼び合っていたようだ。杏子の理想の夫婦像はまず両親、次に青邨夫妻であったから、学生時代から出入りしていた雑草園（青邨宅）でのいろいろは、俳句に関わることに限らず、心の奥に畳んでいたことだろう。青邨夫妻には子や孫がいたから、この呼称は現実である。子がいない黒田夫妻が呼び合う「おぢいさん」「おばあさん」は、すこし戯れ合う心もあろう。朧なる月の光の中で、同じ物語を紡いで生きてきたふたりとして、やさしさに満ちた景ではないか。

二月二十日　兜太先生一周忌

語り尽くしてきさらぎの月満ちて　『八月』

戦争の語り部として共に全国を巡った金子兜太の一周忌である。二〇一九年作。前年の兜太の死に際しては、多くの追悼句を詠み、何編もの追悼文を書きあげた杏子であった。

想 兜太先生

熱風にめざめよ書けよ書き継げよ 『八月』

ことしから兜太先生賀状無し 『同』

折に触れて想いが兜太に到る。だが一周忌には、大きな喪失を嘆いて慟哭するのではなく、とことん語り尽くしたのですから満足なさっているでしょう、と詠う。「きさらぎの月」のひかりは、涅槃図をあふるる月のひかりに似ている。杏子の春月のやさしさは、一緒に泣きながら慰撫し合うものではなく、大きく包み込み、悲しみを昇華させてゆくものである気がする。

Ⅳ　夏の月

九句

暗室に男籠りぬ梅雨の月

『木の椅子』

こゑの名残りを天心に梅雨の月

『日光月光』

六月二十五日『みなづき賞』山の上ホテル

語り継ぐ甲斐のひとびと梅雨の月

『銀河山河』

一行の詩の無盡蔵梅雨の月

六月二十一日　信州岩波講座まつもと
兜太・杏子公開対談

『八月』

のりかへて北千里まで月涼し

『一木一草』

五月八日・九日　ノーベル賞作家T・トランストロンメル作品ほかを
めぐってのシンポジウム　スウェーデン大使館

月涼し北欧の句の三行詩

『銀河山河』

七月二十八日「気仙沼海の全国俳句大会」講師
十年ぶりに菊田島椿会長と再会

生きて逢ふ月涼しかりかなしかり

『銀河山河』

月涼し杖いつぽんで歩き出せ

『八月』

道子さん京二先生月涼し

石牟礼道子さんをケアハウス「ユートピア熊本」に訪問
渡辺京二さんのご案内

『八月』

杏子に「夏の月」という季語は無い。夏にあたる月の季語は「梅雨の月」と「月涼し」のみである。

梅雨の月の第一句は第一句集『木の椅子』所収。私が二十代であったころ、杏子をリーダーとする「木の椅子句会」に集っていた女子学生の間でちょっとした話題の句であった。

暗室に男籠りぬ梅雨の月　『木の椅子』

暗室の男のために秋刀魚焼く　『同』

二句並べるとどういうタイプの話題であったか分かるだろう。二十代女子の心はとうに飛び去った今でも、当時の賑やかさを思い出して懐かしい。「男」は夫君の黒田勝雄氏である。勤めを持ちながら写真を本格的に楽しみ、青邨や杏子の佳い表情を多く撮られた。二〇二三年七月には（三月の杏子の急逝で一旦立ち止まりながらも）三冊目の写真集『浦安』を刊行された。

こゑの名残りを天心に梅雨の月　『日光月光』

この句には、句集には前書が無いが、「藍生」誌に発表されたときには「近藤道生先生長逝の報に」とあった（二〇一〇年八月号）。また、

語り継ぐ甲斐のひとびと梅雨の月　『銀河山河』

六月二十五日『みなづき賞』山の上ホテル

この年（二〇一〇年）のみなづき賞受賞作は『龍太語る』（二〇〇九年山梨日日新聞社刊）であったから、「甲斐のひとびと」が「語り継ぐ」のは蛇笏、龍太の系譜である。いずれも挨拶の句になっていることが興味深い。

杏子も初期には、

梅雨の月泛べし川をまた渡る　『木の椅子』
梅雨の月くらりと色を濃くしたる　『水の扉』

といった、季語を主役に立てた句を詠んではいるのだ。

飯島耕一先生
梅雨の月ひとりの旅は浦伝ひ　『花下草上』

飯島耕一の著書『浦伝い詩型を旅する』（二〇〇一年刊）への挨拶の句。句集『花下草上』時代から、こうした挨拶性が強くなってゆく。季語を題として詠むことは、季語と季語の表すものへの挨拶であるのだが、そうした普遍性のあるものではなく、ピンポイントでの挨拶である。長文の前書が増えていったのは、挨拶にシフトしていったことと無縁ではあるまい。

最終句集『八月』には、

六月二十一日　信州岩波講座まつもと　兜太・杏子公開対談

一行の詩の無尽蔵梅雨の月　『八月』

がある。兜太は戦争体験を語り継ぐ仕事の相方として杏子を選んだ。ひとりで語るのは難しくても、杏子が相手を務めてくれれば話しやすくなる気がする、ともちかけた兜太の判断は正しかった。インタビュアーとして、対談相手として、また書籍のプロデューサーとして杏子は兜太の伴走を見事に果たした。

戦場体験を兜太・杏子の対話形式で

「語り継ぐ」「こりや楽ぢやねえ」雲の峰　『八月』

かつて杏子は、師の青邨に「金子兜太をどう思うか」と尋ねたことがあった。「あの人はあの人の道を進まれたらよいのではないか」という青邨のことばに背を押され、兜太を「研究対象」にしようと決めたのだという。頼られ、支えながら、それだけで終わらないウィンウィンの関係を築きあげた痛快なコンビであった。

次に「月涼し」を読んでみよう。

のりかへて北千里まで月涼し　『一木一草』

杏子はこのとき「鷹」（当時は藤田湘子主宰）同人の後藤綾子さん（一九一三〜

一九九四年）を訪ねたのだそうだ。〈月涼し〉の特に「涼し」が後藤氏への挨拶だ。昼間はあんなに暑かったのに、今はこんなに涼しくて、わくわくしながら電車に揺られていますよ、と。

杏子は「夏の月」が詠みたいのではない。「涼し」を相手に贈りたいのである。この世を巡りながら人と出逢い、宿命として順々に永別する。そのように人との縁を詠み継ぐことが、杏子の生き方と重なっていったのである。

月涼し杖いつぽんで歩き出せ　『八月』

二〇一六年作。前年の初秋に脳梗塞で倒れた杏子であったが、リハビリを終えて無事「回生」した。上半身に後遺症は無かったが、杖や手押し車に助けられて歩くようになった。これまでも杏子にとって「杖」は、遍路の杖をはじめ馴染みのモチーフであったが、文字通り歩行のための杖を使うようになった。韋駄天と呼ばれていたほどであるから、歯がゆいことも多かっただろう。だが「杖いつぽん」あれば歩ける、再びの一歩を、とはなんと力強いことばだろう。この句の「月涼し」は我とわが身へのエールにほかならない。

V　秋の月

四十句

盆の月樺美智子の母のこと

『日光月光』

クロモモよなどと呼ばれし盆の月

『八月』

盆の月現役往生大往生

『八月』

月祀る師あり父母亡し子孫なし

『花下草上』

月祀る戦後の母のいきいきと

『日光月光』

その日までふたり暮しの月祀る

『銀河山河』

書き継ぎて詠み月祀るこころざし

『銀河山河』

十月四日　深大寺

月を待つ天平のこのみほとけと

『八月』

芭蕉照らす月ゲルニカの女の顔

『木の椅子』

笛方のひとりのいそぐ阿波の月

『水の扉』

能面のくだけて月の港かな

『一木一草』

十六夜の雑草園の大硯

『一木一草』

戻りきて机に向かふ良夜かな

『一木一草』

机拭く母に那須野ヶ原の月

『一木一草』

汝とわれ月の畳といふものに

『花下草上』

月光の仮面をはづすとりけもの

『花下草上』

月光に白曼珠沙華反りはじむ

『花下草上』

雇はれてをりしはむかし月に雁

『花下草上』

月明の草木界に寝まるなり

『花下草上』

月さして木の扉木の床木の柱

『花下草上』

みづうみといふ月光の涙壺

『花下草上』

月天心熊野大瀧一之瀧

『花下草上』

子規の忌の月を上げたりネオン坂

『花下草上』

月に棲む俳句少年小田実

『日光月光』

月のひかりに晒し置く父の杖

『日光月光』

月影を踏み月影を踏みわたり

『日光月光』

九月三十日　那須野を巡り「花月」泊

みんな過ぎ那須野を奔《はし》るけふの月

『銀河山河』

来春東京本郷のマンションへ移住すと決む

満月の坂道終の棲家へと

『八月』

斃れたる後の月夜の一遍忌

『八月』

月に伏すわが身禱られ護られて

『八月』

夢にきし阿修羅の還りゆく月夜

『八月』

キーン先生『黄犬ダイアリー』刊行

父と子の物書いてをる良夜かな

『八月』

十月四日　深大寺

月光無盡蔵瞑りて禱るべく

『八月』

道子詩語兜太詩語月疾走す

『八月』

ちちの葉書ははの巻紙後の月

『日光月光』

逢うて別るる後の月高ければ

『日光月光』

後の月兄のカルテも祀りけり

『日光月光』

想望　四國第三十八番　金剛福寺

足摺山後の月待つ濤の音

『八月』

藍生事務所にて

古書市の灯を連ねゆく十三夜

『八月』

回想　紫野大徳寺真珠庵十三夜句会

閑けさのかなしみに似る後の月

『八月』

杏子の〈月〉といえば、私は仲秋の名月よりまず〈盆の月〉を思う。

盆の月樺美智子の母のこと　『日光月光』

この句を初めて目にしたとき、杏子が同世代の美智子さんを哀惜するだけでなく、その母の心を思いやっていることに感銘した。いや、感銘というより驚愕に近かった。あるとき杏子が「亡くなった母が、美智子さんも気の毒でしたがお母さまのことを思うと、とぽつりと呟いてね」と語ったことがある。五人の子を育て上げた母の呟きは、深く響いたに違いない。私にとってはかつての「感銘」の理由を得心した瞬間でもあった。

普通ならこだわりはここで終わっただろう。だが私は、『黒田杏子の俳句』（二〇二二年刊）に集約されることになる杏子俳句の渉猟を行っていたため、さらに憶測を重ねることとなった。

盆といえば帰省のころである。現役の勤め人時代の杏子も、家族の揃う盆の行事に合わせて帰省していただろう。

盆の月しばらく兄と語りけり　『花下草上』
疎開の村巡りて歩く盆の月　『日光月光』
箒川那珂川盆の月はやし　『銀河山河』

「盆」と聞けばふるさとにまつわるいろいろが湧きだしてくるのが、その証でもある。
「盆」はまた杏子の誕生日（八月十日）のころでもある。母が健在のころには「ももちゃん、お帰り。○歳になったわね。おめでとう」と出迎えてくれたことだろう。樺美智子は二十代で齢を重ねることを断たれた人だ。その母は亡くなった娘の齢を数えながら生きなければならなかった。杏子の母の呟きは、今年もめでたく一つ齢を重ねた娘とともに、那須野ヶ原の盆の月を仰ぎながら発せられたものではなかっただろうか。

「樺美智子忌」は六月十五日である。この句は美智子ではなく遺された母を詠み、さらに杏子とその母の思いに敷衍するもの。ゆえに「盆の月」なのである。

〈盆の月〉のほかの二句は最終句集『八月』から抽いた。

クロモモよなどと呼ばれし盆の月

盆の月現役往生大往生

本書七十八ページの〈「語り継ぐ」「こりや楽ぢやねえ」雲の峰〉に続く二

句である。兜太が亡くなった二〇一八年の作。初盆である。「現役往生」は二〇〇七年に小田実を送ったころから杏子の心に棲みついた、憧れとも願いともいえるもの。いつか自身の悲願ともなった現役往生を見事に遂げた兜太を、悼みつつ讃えているのである。

盆の月の句は印象的であるが句数は少ない、なんといっても膨大に、多種多様に詠みあげているのはやはり〈月〉の句である。句の中に「月」とだけある場合は必ずしも十五夜の月とは限らないが、そのあたりは調整しながら読めばよいだろう。

杏子の師の青邨に、

月を待つ情《こころ》は人を待つ情　　青邨『雪國』

がある。昭和十四年作。杏子が一歳のときの句だ。

人それぞれ書を読んでゐる良夜かな　　青邨『雑草園』

はさらに遡り、昭和八年作。別々に読みながら交信しあっているようなこの句にも、「人を待つ情」と通い合う懐かしさがある。師の俳句を諳んじ、師の地平から出発した杏子には、当然この二句が取り込まれている。そう思うからだろうか。杏子の月には、どこか人肌の感触がある気がする。

能面のくだけて月の港かな　　『一木一草』

この句には誕生譚がある。「夏草」の木曜会（古舘曹人、深見けん二ら）の鍛錬会で、松島へ月を期して出かけたが、豪雨に見舞われ、ずぶぬれになって歩き回ることになったのだという。出句十句の十句目が決まらずにいたところ、「黒く大きな長靴を履かれた鬼房先生のお声が『おばんですぅ』と土間に響」き、その瞬間にこの句が成った、とエッセイに記している（「月の港」『黒田杏子歳時記』）。

『銀河山河』第五章（つまり本書の第I章）所収の、

忘れられぬその昔　二句

お晩です鬼房先生雨月句座

雨月松島ゴム長の鬼房師

はこのときのことを思いながらの作品である。吟行をして現場の手ごたえと共に成った句と、「忘れられぬ」記憶をもとに成った句と。一生を賭して詠み通すとはこういうことなのだろう。

月の美しさというものに年ごとに深く心を打たれるようになっている。

若い頃も月を詠んだけれど、なぜか梅雨の月とか春の月という句が多く、仲秋の名月そのものを詠んだ句は少ない。

（「十一月の後の月」『花天月地』）

エッセイにこう書いているように、第四句集『花下草上』時代（杏子六十歳前後）から〈月〉の作句量が増えたのだろう。句集入集数も格段に増えている。

このエッセイには、「あまりの月光のゆたかさに打たれて、おのずと口をついて出た」句として、

戻りきて机に向かふ良夜かな　『一木一草』

が抽かれている。月光の机に向かって、明け方近くまで原稿を書き続けたそ

うだ。栃の木の机に向かい、筆のよく走る夜であったことだろう。〈後の月〉の句についても同様に、『花下草上』時代から入集数が増える。

逢うて別るる後の月高ければ　『日光月光』

鍵はこの句にあるだろう。「逢うて別るる」は親しい人と死別するときのフレーズである。両親も兄も既に彼岸に渡り、「夏草」時代からの句友も、共に吟行を重ねた「藍生」の連衆もまた、という感慨。

若いころは「逢うて」+「逢うて」であったに違いないが、あまたの別れを重ねることとなった『花下草上』時代を経て、「逢うて別るる」がデフォルトとなった『日光月光』時代なのである。「日光」と「月光」は一日であり、宇宙である。薬師如来の脇侍でもあるが、出逢いと別れ、生と死であってもよいだろう。

ただ「逢うて別るる」は無常であるが無情ではない。悲しみより懐しさが勝っていそうだ。なぜなら手を合わす心持ちで句を詠めば、「逢うて」いたころの時間にたちどころに戻ってゆけるのだから。

想望　四國第三十八番　金剛福寺

足摺山後の月待つ濤の音　『八月』

二〇一七年作。かつて四国遍路吟行で訪れた足摺山金剛福寺には、杏子の句碑が十二基ある。本堂をぐるりと取り囲む形で十二基が同時に建てられた。除幕は二〇一七年十二月。杏子も現地へ赴いている。この句は近づくその日を思って詠んだのだろう。

のぼりくる月献燈の十二句碑　『八月』

同時作。自然石ではなく、献灯台のある柱状の句碑である。除幕の日には火を入れて経を上げたという。

藍生事務所にて

古 書 市 の 灯 を 連 ね ゆ く 十 三 夜　『八月』

二〇一七年作。十三夜が古書市と重なる年はめったにない、と有志で句会を開いたのだそうだ。事務所は神保町にある。広告会社博報堂を定年になった一九九八年、それまで事務所のあった会員の栗島弘邸を出て、愛してやまない神保町に新しく事務所を開いたのである。

回想　紫野大徳寺真珠庵十三夜句会

閑 け さ の か な し み に 似 る 後 の 月　『八月』

ある年、十三夜の晩に京都紫野大徳寺の塔頭、一休禅師ゆかりの「真珠庵」に伺うことが許された。長年にわたって、各地で後の月を拝してきたが、あの夜ほど心に沁みる月はなかった。（略）銀色、いや真珠色の十三夜月。すこしおぼろ気なその月は妙なる楽の音を発している。隠れてはまた躍り出て照る真珠色の後の月。その気品と寂寞とした月のたたずまいは夜半まで変わることがなかった。

（「十三夜　後の月」『暮らしの歳時記』）

真珠庵へはたびたび訪れているが、句に回想しているのはエッセイに記された夜のことと思ってもよいだろう。回想が閑かでかなしい（悲しい・愛しい）のは、すでに亡い人がおられるからかもしれない。

《参考文献》

◇黒田杏子の句集一覧

『木の椅子』一九八一（昭和五十六）年刊　牧羊社
『水の扉』一九八三（昭和五十八）年刊　牧羊社
『一木一草』一九九五（平成七）年刊　花神社
『花下草上』二〇〇五（平成十七）年刊　角川書店
『黒田杏子　句集成』二〇〇七（平成十九）年　角川書店
『日光月光』二〇一〇（平成二十二）年刊　角川学芸出版
『銀河山河』二〇一三（平成二十五）年刊　角川学芸出版
『八月』二〇二三（令和五）年刊　角川書店

◇黒田杏子の主なエッセイ集

『黒田杏子歳時記』一九九七（平成九）年刊　立風書房
『花天月地』二〇〇一（平成十三）年刊　立風書房
『布の歳時記』二〇〇三（平成十五）年刊　白水社
『季語の記憶』二〇〇三（平成十五）年刊　白水社
『俳句列島日本すみずみ吟遊』二〇〇五（平成十七）年刊　飯塚書店
『暮らしの歳時記』二〇一一（平成二十三）年刊　岩波書店
『手紙歳時記』二〇一二（平成二十四）年刊　白水社

あとがき

シリーズの前号『黒田杏子コレクション1　螢』は、師匠の黒田杏子急逝後まもなくの刊行となり、師のあくがれいづる魂かと思われました。生前の師が、螢を点滅させながら懐かしい人々の生きている時間へ戻って行かれたように、私たちも『螢』をひもとくことが、師を想うよすがになると思うことにもなりました。

その後七月に主宰誌「藍生」が終刊し、八月には故人の誕生日八月十日を奥付として最終句集『八月』が刊行されました。さらに九月には師を「偲ぶ会」が開催され、とうとう「藍生」に関わる行事が完了しました。「偲ぶ会」には三五〇名定員の会場に三〇〇名を超える方々が集い、しめやかというよりは賑やかに、故人の業績を讃え合いました。

今、身辺が急にひっそりしたことを感じています。師は月を待ち、月を祀り、逢うて別るる人の定めに禱りを捧げておられました。ならば私たちも、夜ごと静かに月を仰ぐことといたしましょう。

師の好まれた藍の地に金色の「月」を刻印して、この一集をお届けいたします。

高田　正子

二〇二三年九月　十五夜

略歴

黒田杏子（くろだ　ももこ）

俳人、エッセイスト。

一九三八年、東京生まれ。

一九四四年、栃木県に疎開。宇都宮女子高校を経て、東京女子大学心理学科卒業。

山口青邨に師事。

卒業と同時に広告会社博報堂に入社。「広告」編集長などを務め、六十歳定年まで在職。

一九八二年、第一句集『木の椅子』にて現代俳句女流賞および俳人協会新人賞受賞。

青邨没後の一九九〇年、「藍生」創刊主宰。

一九九五年、第三句集『一木一草』にて俳人協会賞受賞。

二〇〇九年、第一回桂信子賞受賞。

二〇一一年、第五句集『日光月光』にて蛇笏賞受賞。

二〇二〇年、第二十回現代俳句大賞受賞。

「件」創刊同人、「兜太　TOTA」編集主幹。

日経俳壇選者、星野立子賞選者、東京新聞（平和の俳句）選者、伊藤園お～いお茶新俳句大賞選者ほか、日本各地の俳句大会でも選者を務めた。

栃木県大田原市名誉市民。

『黒田杏子歳時記』、『第一句集 木の椅子　増補新装版』、『証言・昭和の俳句　増補新装版』編・著、『季語の記憶』ほか著書多数。

一般財団法人ドナルド・キーン記念財団理事。俳人協会名誉会員。

一般社団法人日本ペンクラブ、公益社団法人日本文藝家協会、脱原発社会をめざす文学者の会各会員。

二〇二三年三月十三日永眠。

編著者略歴

髙田正子（たかだ　まさこ）

一九五九年　岐阜県岐阜市生まれ
一九九〇年　「藍生」（黒田杏子主宰）創刊と同時に入会
一九九四年　第一句集『玩具』（牧羊社）
一九九七年　藍生賞
二〇〇五年　第二句集『花実』（ふらんす堂／第二十九回俳人協会新人賞）
二〇一〇年　『子どもの一句』（ふらんす堂）
二〇一四年　第三句集『青麗』（角川学芸出版／第三回星野立子賞）
二〇一八年　『自註現代俳句シリーズ　髙田正子集』（俳人協会）
二〇二二年　『黒田杏子の俳句』（深夜叢書社）
二〇二三年　『日々季語日和』（コールサック社）
　　　　　　編著『黒田杏子俳句コレクション1　螢』（コールサック社）

二〇二四年「青麗」創刊予定

公益社団法人俳人協会評議員。ＮＰＯ法人季語と歳時記の会理事。公益社団法人日本文藝家協会会員。中日新聞俳壇選者、田中裕明賞選者、俳句甲子園審査員長ほか。

石炭袋

黒田杏子俳句コレクション2　月

2023年11月10日初版発行
著　者　黒田杏子
（著作権継承者　黒田勝雄）
編著者　高田正子
編　集　鈴木比佐雄・鈴木光影
発行者　鈴木比佐雄
発行所　株式会社 コールサック社
〒173-0004　東京都板橋区板橋 2-63-4-209
電話 03-5944-3258　FAX 03-5944-3238
suzuki@coal-sack.com　http://www.coal-sack.com
郵便振替　00180-4-741802
印刷管理　（株）コールサック社　制作部

装幀　松本菜央

落丁本・乱丁本はお取り替えいたします。
ISBN978-4-86435-572-8　C0392　￥1800E